O Maníaco do Olho Verde

Obras do autor

234
33 contos escolhidos
Abismo de rosas
Ah, é?
Arara bêbada
Capitu sou eu
Cemitério de elefantes
Chorinho brejeiro
Contos eróticos
Crimes de paixão
Desastres de amor
Dinorá
Em busca de Curitiba perdida
Essas malditas mulheres
A faca no coração
Guerra conjugal
Lincha tarado
Macho não ganha flor
O maníaco do olho verde
Meu querido assassino
Mistérios de Curitiba
Morte na praça
Novelas nada exemplares
Pão e sangue
O pássaro de cinco asas
Pico na veia
A polaquinha
O rei da terra
Rita Ritinha Ritona
A trombeta do anjo vingador
O vampiro de Curitiba
Virgem louca, loucos beijos

Dalton Trevisan

O Maníaco do Olho Verde

EDITORA RECORD
RIO DE JANEIRO • SÃO PAULO
2008

CIP-Brasil. Catalogação-na-fonte
Sindicato Nacional dos Editores de Livros, RJ.

T739m Trevisan, Dalton
O maníaco do olho verde / Dalton Trevisan. −
Rio de Janeiro: Record, 2008.

ISBN 978-85-01-08074-5

1. Conto brasileiro. I. Título.

08-1763

CDD − 869.93
CDU − 821.134.3(81)-3

Copyright © 2008 by Dalton Trevisan

Capa: Desenho de JOSÉ GUADALUPE POSADA

Direitos exclusivos desta edição reservados pela
EDITORA RECORD LTDA.
Rua Argentina 171 − Rio de Janeiro, RJ − 20921-380 − Tel.: 2585-2000

Impresso no Brasil

ISBN 978-85-01-08074-5

PEDIDOS PELO REEMBOLSO POSTAL
Caixa Postal 23.052
Rio de Janeiro, RJ − 20922-970

EDITORA AFILIADA

Sumário

Tem um Craquinho Aí? 7
O Noivo Perneta 13
Essa Fulana 21
Amor de Machão 25
O Padrasto 29
Foi Assim 33
Isso É Legal? 37
Minha Amiga Lupe 41
Pipoca 49
Mundo, Não Aborreça 53
Por Cinco Paus 61
A Pizza Calabresa 65
Garota de Programa 73
O Bolso na Ceroula 75
O Agiota 81
Atira, Velho! 83
Zé 87
Terno Azul com Listinha 91

A Guria   95

Escroto e Bandalho   97

Último Aviso   103

O Maníaco Ataca   105

Minha Irmã   109

O Assobio do Maníaco   111

Bobeira   115

O Maníaco do Olho Verde   119

Tem um Craquinho Aí?

Eu devia pro cara. Tava na obrigação. Cento e trinta paus. Essas coisas. Depois que vence, não há perdão. Você tem de zerar a conta. Ou paga direto com a vida. Dez anos no craque. Já fiz cinco tratamentos. Minha mãe reza e chora. Se descabela, a infeliz. De joelho me pede. Lá vou eu pra clínica. Fico numa boa. Mas dou umas recaídas. Não bebo, não. Só na bendita pedra. Passo um tempo limpo. Daí despiroqueio direto.

Eu tava três dias fumando horrores. Sem comer. Sem dormir. Só queimando a pedra. Nunca posso guardar umazinha só. Fumo tudo que tiver. Se você pára a fissura te pega.

Tem droga boa. Dá um barato de vertigem. O pico. Zoar no paraíso, sabe o que é?

E droga ruim. A falsa. Meia-boca. Você fica pirado total. Se perde numa nóia de veneno.

Não é como outra droga, não. O craque. Você não

consegue largar. Quer mais um. Mais um. E mais um. É diferente porque ele você ama.

Só dez segundinhos, porra. Te bate no pulmão. O bruto soco na cabeça. E o mágico *tuimmm!*

Na pedra, sabe? Tem um espírito vivo. Daí o craquinho fala direto comigo:

— Vai, Edu. Vai fundo, mermão!

Me chama bem assim. Ele sabe das tuas falsetas.

— Essa, não. Se manca. É uma fria.

E ouve o que você pensa.

— Cai fora, Edu!

A gente que fuma tá sempre ligadão. Tudo o que acontece nas bocas do lixo. Você fica o tal. Com uma força maior. Olho de vidro, o polegar chamuscado, acelero alto pra voar. Toda a magia do céu.

E do inferno.

Daí o Buba veio com essa pressão na minha cabeça. Ele é mais do crime. O traficante você conhece logo. Tem sangue no olho.

De verdade me forçou. Eu precisava, sabe. Na pior. Essas coisas. Livrar a dívida. Senão tô fudido, cara.

A arma não era minha. Ele que arrumou. A garrucha velha de uma bala. Se deu cobertura? Ô louco! O dono da droga, pô? Fica no seguro lá da favela.

Sou pilantra. Mas não sou do crime. Veja, tirei cursinho e tudo. Com ofício e registro na carteira. Mais de uma firma importante.

Essa foi a última roubada que entrei fundo. Juro por meu Jesus Cristinho. Não tinha grana pra comprar mais. Dá muito nervoso. E precisava, sabe como é.

Aí o bicho pega.

O Buba meteu a peça de guerra na minha mão. E passou a fita:

— Seguinte o lance, mano. Esse aí vai pagar é com a vida. Certo, soldado?

Ia morrer a minha dívida com o Buba. Se eu apagasse o cara. No tráfico não tem calote.

O malaco da conta furada? Já era. Fatal.

Foram três dias, né? Ali queimando a pedra. Sem comer ou dormir. Fui queimando, queimando e, quando levantei, cadê perna? Tomo leite pra rebater, não adianta. A puta dor de cabeça. Uma tosse desgracida. Essa agulha de gelo no pulmão.

Daí o Buba me baixou a ordem. O soldado obedece ou morre.

Então fui atrás. Só não pode mostrar medo.

Enquadrei na moral. Chego assim:

— Ô, arruma aí dois pau pro Buba.

E boto a arma pro safado:

— A ordem veio do comando. Vamo até ali que a gente acerta.

Sabe o que fez o merdinha? Encarou feio, sem piscar. Tive de dar nele.

Dei um na cara.

Nos conformes. Certo, mano? Nessa hora, pô, eu vacilo.

Uai, nem raspou, de levinho, a única bala.

Eu sempre fui ligeiro. Se não dá coragem, morre você.

Daí me apavorei. Tô fora.

Sem olhar pra trás.

Epa, um vulto gemendinho passou resfolegante por mim.

Foi prum lado, ô louco! perdeu uma sandália.

Foi pro outro. E se escafedeu aos pinotes em ziguezague.

Ninguém mais viu até hoje.

*

Nem eu acredito.

Desta vez era outra voz.

Familiar.

— Cê tá livre, Edu. Tá limpo com a zona!

Quem me salvou mesmo? Foi a mãe. Zerou direto a dívida com o Buba.

Agora, vida nova.

*

Ei, você aí, ó cara? Tem um craquinho aí?

O Noivo Perneta

Tudo aconteceu quando me amputaram a perna sete dias depois de casado. No acidente de carro foi toda esmagada abaixo do joelho. Culpa de um maldito bastardo bêbado. Por que eu? Sempre tão cuidadoso na direção. Entre todos, logo eu? E não um desses loucos do volante, que costuram nas pistas e furam o sinal vermelho? Não era justo, eu me desesperava, estendido na cama de hospital. Seria indenizado e aposentado, certo. Triste consolo para um deficiente o resto da vida.

Deficiente, droga nenhuma. Inválido, sim. Manco, sim. Aleijado, sim. Em plena lua-de-mel. Um desgracido noivo perneta!

Doravante o farrapo de pessoa, ao lado da minha noivinha, essa, radiosa em saúde e graça, que me assistia na aflição e na crise de choro. Os dias contados e numerados. Infecção hospitalar, quem sabe. A medonha septicemia.

No pavor crescente de perdê-la. Presa fácil das tentações do mundo, assédio dos rapagões malhando nas academias. Fatal. Pelo meu único amor esquecido pra sempre.

Despertava aos gritos, o pijama molhado de suor. O sonho recidivo. Eu corria — a perna sã, refeita — e subia veloz em grandes saltos ladeira acima... ao topo do morro... sempre mais alto... Eis que aos poucos, o caminho estreitando, à beira do precipício negro e sem fundo.

Tão veloz, não conseguia desviar nem parar. E caía e caía, me debatendo, aos berros... Para acordar nos braços fresquinhos da garota caridosa a me enxugar o rosto em febre.

Que não me abandonasse tão cedo, agora em casa, exagerei a minha dependência. As muitas dores e gritos. A famosa comichão no pé, o esquerdo, que já não tinha... E, da cama ao sofá, ensaiava os primeiros passos inseguros no par de muletas. Ela me amparando e animando a não desistir.

Ao contato do seu corpo mal coberto pelo vestido simplesinho de algodão, era arrebatado por uma fúria erótica urgente. Me via de repente outro louco do volante nas lombadas e curvas dum caminho delicioso nunca antes percorrido.

Espichado no leito, com todo o tempo para evocar retalhos de leitura juvenil. Desde o quadrinho clássico de Carlos Zéfiro uai! ao catecismo do apócrifo Rabelais epa! às bacanais orgásticas do marquês de má fama.

As dores de coluna recomendam a posição supina e passiva. Assim reservei a ela, toda pudica, ex-aluna de colégio calvinista, os gestos inaugurais do nosso batismo amoroso.

— Os noivos que se gostam...

A Rosa cabia adivinhar e improvisar.

— ...fazem de tudo!

Nuinha sob o roupão entreaberto. A princípio, com alguma relutância. Olhinho fechado, a mão negaceante. Ai, os lábios duas asas trêmulas de borboleta adejando em volta do dardo erétil que se projeta altaneiro em busca do alvo.

Sou dos que gostam de trautear essa e aquela ária dramática da ópera. No início, rostinho em brasa, a timidez não lhe consentia o mais fraco dó-de-peito. Muito menos uma simples réplica no dueto.

Daí a minha suprema excitação quando, enlevada nos espasmos da volúpia, escutei da primeira vez os seus gemidos e suspiros entrecortados de — *ai, Jesus, ui, meu Deus, ai, ui, Mãezinha do Céu...* A cada dia mais participativa. Abriu os dois olhos e direto as coxas — fosforescentes no escuro e cegantes no claro. E o mais que pedi.

E tudo o que não pedi.

Ganhou confiança, já envolvida em nossos jogos eróticos. O coto de perna, se dificultava, não me impedia. Era o próprio motociclista audaz do Globo da Morte. Sem as mãos no guidão, os braços abertos e agradecendo os aplausos.

Da ingênua menina fiz aos poucos a cúmplice voluntária. E depois minha odalisca do prazer. Ah, que bem-dotada se revelou para os folguedos delirantes da cama. Idéia de quem rasgar a calcinha com os dentes?

Entregava-se agora sem reserva nem pudor. Uma zona erógena só o corpinho inteiro. Sob a enteada dileta de Calvino se espreguiçava a mais safadinha das filhas de Salomé. Abre-te, ó Sésamo! — e a concha rósea bivalve se abriu na apoteose de múltiplos orgasmos. Era muito minha. Ninguém mais podia roubá-la.

Esse o meu erro fatal. A ameaça veio de onde menos esperava. Minha sogra perdeu o marido. Em trinta anos um se dedicou a infernizar e crucificar o outro. E, morto, não é que se transmudava no esposo perfeito? Inconsolável, a bruxa voltou-se para a filha única. E passou a disputá-la. Malcasada, segundo ela, com um inválido sem futuro.

Pelas costas, me tratava somente de apelidos insultuosos — *o manquinho, o coxo, o patético noivo perneta*. Explorava as muitas deficiências. Ainda me locomovia aos trancos. Quando a minha filha nasceu não pude estar presente feito uma pessoa de duas pernas.

Na convalescença, Rosa descansou algum tempo na casa da mãe. O seu quarto igualzinho à época de solteira. Daí a megera usou contra mim intriga e perfídia. Todas as armas do mais infame ódio de sogra.

Não admitiu voltasse para nossa casa. A criança doentinha carecia de mil cuidados. Só não pôde impedir que Rosa me visitasse, em longas tardes de delícias e orgasmos em série. O anjo Gabriel ali não era chamado.

Uma curra ensaiada em que eu era dois e três — e a vítima agradecia e pedia mais, ainda mais, uma vez mais.

Tive de me conformar. Os dias, da mãe e do nenê. Minhas, sim, as noites inteiras. E autorizadas todas as licenças. Sob o dossel nupcial, de mútuo acordo, nada é proibido. Mas não para a minha feroz inimiga. Teria eu corrompido a filha inocente, educada em severos preceitos religiosos. Ora, simplesmente a conduzi pela mão, um tantinho deslumbrada, ao nosso jardim das papoulas gordas e bêbadas da luxúria. Desde quando uma esposa nada merece? Todos os êxtases e desmaios e contorções experimentais são exclusividade da concubina?

Maníaco sexual, eu. Induzido pela deformidade à loucura e ao vício. Pervertendo e escravizando a moça aos meus caprichos doentios. Os nossos lícitos prazeres maritais eram, antes, pecaminosos e interditos pelas regras da moral.

Eu, o monstro, lhe desvirtuara a filha. Apartei do bom caminho a virgem singela entregue à minha guarda. O poço fumegante das sarças do inferno já me esperava de goela escancarada. E à moça também, se pronto não me abandonasse.

Era esposa e aleluia! aleluia! a mais fogosa das amantes. Certo, ensinei a escandir palavras porcas no ápice do gozo. Contribuição dela, porém, os santos nomes de Deus, Jesus Cristinho e Virgem Maria. O que a mim, confesso — não de todo incrédulo —, um pouquinho escandalizava.

O seu corpo uma ilha descoberta pelo sedento náufrago. Sem marca na areia de pé estranho — rósea e perfumada. Golfo e promontório. Baía e península. Caverna dos nove tesouros do Pirata da Perna de Pau. Na límpida fonte nadam hipocampo e lambari de rabo dourado. Búzio com cantiquinho de corruíra madrugadora. Passagem secreta para gruta encantada. Dunas calipígias movediças. Ninho escondido de penas de beija-flores. Em vôo rasante garça-azul de bico sanguíneo.

Às vezes ela trazia a nossa filha. Sem jeito a segurava nos braços, receoso de que viéssemos os dois a cair. Não conseguia suspendê-la do berço. Nem dar banho, a sapequinha espirrava água com os bracinhos gorduchos.

Dia seguinte Rosa era devolvida ao regaço materno com fundas olheiras escandalosas, maldisfarçadas pelo óculo escuro.

Dada a minha ausência, cresceu a influência da bruxa. A mocinha, cada vez mais dócil e obediente, foi a ela e aos preceitos da Igreja se resignando.

Com a sogra ainda podia lidar. Decerto esperançoso de vencer. Eis que uma força maior se levantava. Deus, Esse, um adversário demais poderoso. Em face do Senhor dos Exércitos, quão pouco valia eu, euzinho, o mais manquitolante dos pernetas? A batalha já decidida. Antes mesmo de travá-la. Contra o pênis ereto, ai de mim, se erguia a espada de fogo do arcanjo vingador.

Hoje aqui estou, sozinho e solitário. Aos pequenos pulos numa só perna. Sonhando em vão com o meu paraíso achado e perdido.

Essa Fulana

não é que eu queira negar
tenho pouca lembrança de tudo
sou portador de uma doença
nunca lembro certinho o nome
uma fraqueza aqui na cabeça
tomo remédio todo dia
sei lá bem pra quê
não posso mais trabalhar
faço tudo errado
até que fui bom alfaiate
cortava o pano que era uma beleza
agora consegui uma pequena pensão
disso que tô vivendo
sei que tinha um cara querendo me bater
brigava comigo
ameaçava com um sapato de bico branco
lá dentro da minha casa

tava também essa fulana
mas não era a minha mulher
a tal sem roupa que andava por lá
as belezas de fora
meio escondida atrás da porta
eu tinha o revólver na mão
e atirei neles
em todos eles
atirei e fiquei dando tiro
acho que foi aí que acertei na fulana
essa mesma que tava lá
só que aí na foto ela é a minha mulher
o chefia pode explicar isso?
eu guardava o revólver na gaveta do balcão
dia e noite cortando pano
cortando e costurando
meio cego de tanto apertar o olho
eu lidava o tempo todinho lá
daí peguei o revólver e atirei neles
primeiro foi o desgracido
depois a dona sem-vergonha
eu tomo remédio todo dia
só que nesse dia não adiantou

um comprimido branco redondo
outro amarelinho
mais esse pequeno quando dói o estômago
três comprimidos todo dia
sou analfabeto sim
mas o nome eu assino direito
sem pular alguma letra
e até sei ler um pouquinho

Amor de Machão

Essa história aí no papel não é verdade. Na época eu tive um caso com uma moça. Sentamos por acaso no mesmo banco da Praça Osório. Foi como tudo começou. O nome dela é Maria. Ficamos juntos um domingo e tal. Mais uns dias e a gente foi se encontrando. Já namoro sério. O amor, essa coisa, sabe como é. Seis meses de paixão louca e a gente se amigou. Moramos nos fundos da casa de meus pais. Assim vivemos felizes quase um mês.

Daí ela contou que foi noiva de um tira. Ele queria voltar, ela não. Gostava dela. Só que machão: humilhava e batia. Às vezes a esperava na saída do emprego. Insistia na reconciliação:

— Se não é minha... de mais ninguém!

Foi quando esse tira Janjão apareceu lá na oficina. Me intimou para ir, sem falta às duas da tarde, até a delegacia. Só uns esclarecimentos.

Assim que entrei, ele e mais dois, nem pediram do-

[25]

cumento. Me recolheram nos fundos, já cobrindo de porrada. Mandaram tirar a roupa e continuaram a bater. Sob as ordens do tal, me fizeram comer sabão.

Deram sete choques elétricos nas partes. Gritei e pedi socorro. Você acudiu? Nem eles. Fui amarrado no pau-de-arara, apanhando com mangueira e borracha de pneu. Doía mais porque era um dia frio.

Ali de cabeça para baixo e na boca um pano ensopado de urina.

O Janjão batia com vontade:

— Tá gostando, tá?

E cada vez que eu gemia.

— Isso é só o começo!

No fim me levaram lá pro Umbará. Pendurado pelos pés, desceram por uma corda no fundo do poço. Afundaram minha cabeça na água gelada.

Três vezes.

Só não afoguei porque um deles mandou parar.

De volta deram esse papel para assinar. Você dizia que não? O tanto que apanhei, eu assumia até aquelas mortes lá na guerra. Sem mesmo ler.

Depois entraram com o tal Careca. Esse eu conheci lá na delegacia. Antes nunca vi. O nome parece que

Edu. Tinha feito um roubo numa loja. Com mais dois. Um deles acaso era eu?

Daí trouxeram as vítimas para o reconhecimento. Os cinco disseram que os ladrões estavam com máscara. Logo não podiam saber.

Em seguida me trancaram numa cela. Foram até a minha casa e trouxeram a Maria. Falaram que eu era marginal conhecido e fichado. Ela devia me denunciar. Bastou se recusar e bateram nela também. Depois de apanhar bastante, soltaram a pobre. Com a promessa que nunca mais ia me ver.

Daí quiseram que eu assinasse mais um assalto a ônibus de turismo. Lá vieram as outras vítimas. De novo não me conheceram. E não tiveram nenhum crime para enquadrar.

Depois eu soube que o tal Janjão e esse Careca eram sócios. O ladrão trabalhava para o polícia. Tinha umas vinte passagens de roubo e tal.

Parece que deu um carro e quatro mil paus ao tira. Saiu faceiro pra rua. Eu purguei lá, apanhando mais uma semana. E o tipo nem um dia ficou preso.

Pensei de acusar os dois ao delegado. Me disseram para esquecer. Até a doutora Kátia, advogada de porta de cadeia, que me atendeu na época, fez um trato com o Janjão.

Antes de me soltarem, ele foi lá em casa. Ameaçou de morte o pai e toda a família se pensasse em denúncia.

Depois disso era fatal a separação. A Maria ficou com medo. Confesso que eu também. A sombra do maldito rondando sempre a casa.

Ela se despediu em lágrimas. E foi uma pena. A gente bem se gostava.

Mais tarde eu soube que voltou com o tal. Guardo até hoje as marcas de borracha na sola dos pés. Todos os choques elétricos e as porradas que levei? As maldades todas que ele fez?

Por ela é que tinha feito. Só podia ser amor de machão. Que nenhum outro podia lhe dar.

Foi o que Maria pensou. E pensou certo. Sempre judiada. Apanhando sempre. Tudo pela glória de passear de braço com esse bigodinho de merda.

Até o dia em que a deixou por uma carinha bonita qualquer. Bonita? Se você gosta de ruiva e sardenta e dentuça. Ah, nem de longe se iguala ao rostinho lavado e fresco da minha perdida Maria.

O Padrasto

Esse homem é meu padrasto. Na frente da mãe se faz de todo bonzinho. Me chama de filhinha. Põe no colo. E traz presente.

A minha mãe está sempre de viagem. É o trabalho dela. Vendendo artigos de beleza. Fica semanas fora. De dia a empregada cuida de mim e do meu irmão menor. Tenho nove aninhos e ele, três.

Assim que a Luísa fecha a porta, pronto.

Esse homem, sabe? Não pára de mexer comigo. Ai, que nojo. Me afoga de tanto abraço e beijo. Até na boca. Ui, beijo molhado. Eu não gosto. Ele tem bigode e um bafão de pinga e cigarro.

Diz que estou muito magra.

— Eu te deixo fofinha e gordinha. Quer ser a minha boneca linda?

Me chama para ajudar no dever da escola. Sempre sentadinha nos joelhos dele. Lambendo o meu pescoço e alisando a minha perna.

Só que não tenho nenhuma lição para fazer.
Mostra umas fotos engraçadas de casais. Sem roupa, inventam sei lá o quê.

— Que tal, anjinho? Se a gente festeasse igual a eles?

De noite meu irmão dorme. Eu já deitada. Daí ele chega. Me carrega nos braços para o quarto do casal. Diz que tem saudade de minha mãe. E me abraça. E se mete comigo debaixo da coberta. Falando bobagem sem parar.

— Agora o anjinho é a minha mulher!

Me pinta com batom os lábios. Enfia a dura língua na minha boca. Depois tira toda a roupa.

Tão miudinha, desapareço perto desse bruto homão nu.

— Já te mostro como se faz.

E baixa a minha calcinha. Passeia a mão pelo corpo. Cobre de beijo babado. Me põe de frente. Arruma de costas. E me vira do avesso.

— Ai, como é bom. Ui, ui, tão bom. Uai, é bom demais!

Quer o mesmo com ele.

— Eu te ensino. E você repete. Bem assim.

Ralha muito e brabo. É que, burrinha, não consigo aprender a lição — copio tudo errado.

Menina má, que castigo mereço? Fechada no armário escuro, sem ar pra respirar nem água pra beber? Em qual dos meus sapatos ele esconde um ninho de aranha-marrom? (Pelo resto da vida nunca mais hei de calçar um deles sem antes bater com força no chão.)

Daí manda que brinque com o pipiuzão dele. Esfrega e faz arte. Aqui. Na frente e atrás. Assim. Eu gemo porque dói. Ele tapa com força a minha boca.

— Eu te dou todas as bonecas e os vestidinhos do mundo!

Mas não devo contar para a mãe. Ai de mim, se... Ela há de ficar com ciúme. Decerto se vinga. E me põe fora de casa.

— Um segredinho, né? Só de nós dois. Jure, anjinho. Com uma cruz no coração.

Às vezes, quase dormindo, sinto que ele começa tudo de novo. Fico de olho bem fechado, e pensa que adianta? Ah, ele nunca me deixa em paz. E, para eu não acordar, cochicha e suspira baixinho no meu ouvido.

Todo esse tempo, ai que raiva. Nunca falei nada. Tanto medo dele.

Da aranha-marrom.

Da cruz no coração.

Do armário escuro.

E vergonha da pobre mãezinha. O que ia pensar, se eu contasse? Me largava mesmo no meio da rua?

Até que a Luísa chegou hoje de manhã. Esse aí já tinha saído para o serviço.

Ela me viu dormindo na cama do casal. Nuinha. Boca pintada e inchada. Mancha roxa em volta dos pequenos seios. Mais perto, viu que estavam diferentes (um maior que o outro) de tanto ele chupar.

O lençol ainda molhado.

Daí chamou a tia Juve, que me trouxe aqui pra fazer exame.

Avisada, a mãe já tá voltando.

Sabe, eu não gosto dele. Nunca gostei. Minha vontade é que saia para sempre da nossa casa.

E nunca mais quero ver esse homem.

Foi Assim

foi assim
eu passei o dia catando papel e chegava da rua
o meu homem pediu pra ir no bar com ele
pegou e me chamou e eu fui
daí falou assim
— *vamo por aqui nessa rua*
e eu
— *vamo lá, o que cê vai fazer?*
ele disse
— *vamo que ali tem um bar aberto*
daí eu vi as duas moças quietinhas no ponto de
ônibus
ele chegou lá, eu não sabia que tava com a faca
quem fez foi ele, não fui eu
parou do lado de uma e o meu piá do lado da outra
eu fiquei pra trás
ele mostrou a faquinha pras meninas

daí o moleque botou a mão no celular da magra
o homem garrou a bolsa da gorda e falou pra mim
— *vamo chispar daqui e bem depressa*
eu disse
— *não, vai lá e devolve pra ela, que eu não sou do*
mal
ele pegou e falou assim
— *ah! não vai dar não*
mais que acostumado a fazer isso
já me puxando com força
— *vamo se esconder no mato*
eu comecei a chorar e me escondi com ele no mato
então levantamos vagarinho a cabeça e quem tava
ali de olho na gente?
ele saiu pulando dum lado, o piá de onze anos
doutro
e a polícia logo atrás
ele fugiu com tudo e não sei pra onde
eu não corri porque não devo e a barriga tava grande
já de sete meses
o pai do anjinho pode que seja mais de um
acho meio quase certo o Pipoca

esse desgracido, ele tá morto
morreu matado na Vila Zumbi
e agora me diga, chefia, um matado, outro fugido,
o que vai ser de mim
tadinha?

Isso É Legal?

Eu tava com precisão em casa. Isso aí: um filho, a mulher, a mãe pra sustentar. Foi só um ato de desespero. Há dois dias todo mundo sem comer. Saí atrás duns trocados. Andei, andei. Nadinha.

Quando cheguei perto da moça, fui pegar uma chave no bolso. Ela deu um grito, ergueu o braço, deixou cair a bolsa.

— Pode levar tudo.

Aí eu olhei a bolsa no chão e a dona tremendo todinha.

— Só não me faça mal!

Nesse lance, ela apavorada e a bolsa ali, o que cê fazia? Eu peguei e peguei mesmo. Só tinha onze paus.

Eu tava com fome, mas não machuquei ela. Não bati, não abusei, não nada.

Meio fraco, entrei no boteco. Pedi uma pinga. Mais uma. E outra. Lá se foi todo o dinheirinho.

Segui direto pela rua. Não conhecia a casa, nem

moro lá perto. O muro é baixinho, um metro de altura. Cachorro? Não vi nenhum.

Rondei o jardim. Nos fundos a janela sem cadeado. Um pedaço de pau e lá se foi o vidro.

Na geladeira tinha comida gostosa. Mas, naquela pressa, não comi.

Só mesmo um doce de leite. Enfiando no pote dois dedos sujos bem me lambuzei.

Saí da casa, umas duas ou três quadras. Acho que o dono chegou e me viu. Logo me cercaram e eu nem corri. Ali paradão.

Tô cansado de fugir o tempo todo. Cansado de fugir a vida inteira.

O dono e as pessoas da rua me xingaram com nome de mãe. Deram três chutes e uns bofetões. Mais um soco no nariz, que começou a sangrar. Mesmo depois que entreguei o bagulho. Nem era grande coisa, tudo foi devolvido.

Menos o pote de doce, que eu comi e me lambi. Tinha andado a manhã inteira. E tava com muita fome.

Não podia voltar sem nada pra casa. Daí entrei no tal mercado. Mas não afanei uma lasquinha desses trecos que tão falando.

O que eu sei é que me bateram e quebraram os meus dentes, né? Foi lá o segurança mais o dono que me afogou pelo pescoço. E arrebentaram os dentes. O que eu peguei, isso sim, foi uma barra de chocolate. Tava com ela no bolso. É a fome, a maldita fraqueza da fome, né?

Foi quando eles me agarravam. Enfiando uma sobra de charque na minha mão disseram que roubei. E encheram de porrada. Daí que eu tava tudo quebrado, amarraram os meus braços e ainda esganaram.

Eu não vou mentir, chefia. Só tinha pego o tiquinho de chocolate. Lá dentro da loja mesmo. Não foi em cima do telhado, não.

Falei pros polícias que os tais me bateram, quebraram esses dentes da frente, queriam me enforcar.

Eles só gozaram a minha cara:

— Ah! Outro dia houve um roubo por aqui. Vamo jogá tudo na costa dele!

No Distrito bem que falei:

— Tudo isso que tão trazendo aí eu não peguei nada.

E o delegado:

— Vê se explica direto pro Juiz.

A bolsa da moça? Bem, como ia dizendo. Eu tava catando latinha, né? Saí de casa, né, brigado com a minha mulher. Aí passando na rua, quando eu vi, esbarrei nessa moça. Que largou a bolsa no chão.

Não tenho idéia de quem ela é. Eu peguei os onze paus. Mas a bolsa ficou lá na calçada. Juro que só aliviei o dinheirinho.

Isso aí, chefia. Olha, não sei o que me espera o futuro. O que fiz eu assumo. Sou é catador de latinha e moro lá na Vila.

Processo não tenho. Nadinha de 155. Sou analfabeto, mas o nome sei desenhar. Moro com a mulher, o filho e a velhinha. Três boquinhas com fome, já pensou? Ninguém veio me visitar. Decerto nem sabem que fui preso. Devem achar que sumi por aí.

Nesse dia a gente brigou. De bobeira. Tinha bebido umas pingas e fumado uma ervinha. Quando me falta, já levanto assim tremendo.

Agora no corró, os amigos de dentro dão uma força. Aí a gente vai levando, né?

Não sei se pode falar. Mas eu tô com o nariz quebrado. Veja só como achatou. Sarando assim torto. Foi lá das porradas que levei dos caras. Isso é legal, chefia?

Minha Amiga Lupe

Querido,

Deixa eu te contar da minha amiga em férias. Só a parte amorosa (o que te interessa, não é?). Ela conheceu o rapaz numa festinha, dia seguinte ele telefonou, combinaram encontro.

O tipo chegou num carrão, a Lupe nem podia acreditar. Ele encheu o tanque num posto e ali mesmo comprou macarrão, molho e vinho. Logo se arrancou assobiando os pneus serra acima. Tinha na praia uma casa meio abandonada.

Eu me assustei, era loucura. E se fosse o próprio Maníaco do Olho Verde? (Não é o que o meu safadinho está pensando?) Imagino você raptando uma gringa loira e linda para fora da cidade. Fácil adivinhar tudo o que estaria planejando a tua cabecinha suja.

Voltando à minha amiga. Ela mal conhecia o cara, me pareceu o maior dos riscos. A essa hora não podia estar mortinha de vez?

Chegaram de noite e não havia luz (quando me falou isso, te juro que pensei, graças à minha experiência com você, pronto! lá vem tortura, flagelação, estupro). Por sorte (e tua decepção, vejo daqui a careta de tristeza), o tipo era gente boa. Segundo a Lupe, o cavalheiro em pessoa.

Sabe o que ele fez? Acendeu uma fileira de velas por toda a casa. Abriu o vinho, cozinhou o macarrão e o molho. Tudo no maior clima.

E daí, daí? Quer mesmo saber, taradinho do meu coração? E daí, sinto muito, não aconteceu nada. Nenhum dos dois tinha levado camisinha. Então comeram, beberam, riram à beça. Claro, se beijaram muito. E dormiram agarradinhos. Mas decentemente vestidos.

Só não fizeram o que você esperava. E, estou certa, *você* teria feito. Com todas as perversões e todos os requintes. E eu, no maior gosto, bem teria deixado. E pedido mais, mais, mais.

Até a próxima, gostosão.

Didi.

*

Querido,

Aqui mais uma da minha amiga Lupe. Desta vez foi em Ouro Preto. Ela ficou na casa de uma conhecida. Numa festinha encontraram essa perua muito rica, por sinal juíza de Direito, que as convidou para o fim de semana.

Lá se foram as três no carrão da juíza. No topo de um morro a casa bárbara, com piscina e tudo. A dona preparou coquetéis e salgadinhos. Sem vizinhos, ligou o som bem alto. Beberam, cantaram e bailaram.

Para surpresa geral (imagino você a frestar atrás da porta), a juíza era dançarina do ventre. Uma exibição tão escalafobética que, segundo a Lupe, os pés descalços respingavam no soalho gotinhas de suor...

Por fim, exaustas e bêbadas, foram para a cama (não adianta delirar, eu te conheço, cabecinha suja): a juíza na suíte, a conhecida no quarto de hóspede e, para a minha amiga, restou o sofá na sala.

Já estava dormindo e acordou com uns beijinhos no braço. Subiam devagarinho até o ombro, desciam e voltavam. Ela meio sem saber, era sonho ou o quê?

Abriu os olhos, e o que viu? (Olhos não tão arregalados como os do meu queridinho nesta hora.)

A juíza tinha a mão direita no seio dela e já se chegava à sua boca aberta de espanto.

A minha amiga deu um pulo e, como é gringa, naquela emoção:

— A mí me gustan los hombres!

Se defendendo como podia de duas bocas e três mãos:

— Me gustan los hombres, carajo!

A juíza voltava ao ataque. Até que, diante de tamanha resistência:

— Ah, agora entendi. Você é a menina da fulana, não é?

— Que no! Ay, carajo! A mí... los hombres!

E fugiu para o banheiro. Foi lá que dormiu, com a porta bem trancada (para tua frustração maior que a da própria juíza).

Sei, sei, não precisa me contar. Bem sei o que *você* faria. No mínimo, uma bacanal com as duas. Certo, mais a outra amiga, que iria acordar no quarto. Com mil beijos no bracinho?

Tudo bem. Só não esqueça de mim, aqui à disposição dos teus delírios e folguedos.

Até a próxima, bonitão.

Didi.

Não fique tristinho: fui hoje à primeira aula de dança do ventre!

*

Querido,

Mais uma da minha amiga em viagem. Em Salvador ficou numa pensão familiar.

Na sala da frente funciona uma lojinha de mil incensos, orixás, velas, colares coloridos, duendes, sei lá. Fenômenos estranhos ali acontecem. De manhã a mesa aparece fora do lugar. Ou de costas a pombagira. Você escuta vozes lá dentro, quando não tem ninguém. Tão apavorada, a Lupe mal podia dormir (um fantasma assusta mais que uma juíza de Direito?).

A baiana disse que a hóspede era uma escolhida — os espíritos queriam falar com ela. Um dia viu as cartas de tarô se movendo ali na mesa. E a outra, bem tranqüila:

— É isso. Já se ligaram em você!

Para a minha amiga a maneira de esconjurar assombração é rezando (você concorda, né, seu grandíssimo pecador?). E passou a orar pelos cantos. Da estante lhe caiu um livro aos pés — na capa tinha a palavra "velho".

Era o seu finado abuelito!

Mas ela respondeu, entre padre-nossos e avemarias, que não queria conversa, não senhor.

Daí a baiana a levou num terreiro do santo-daime (já ouviu falar?). Uma casinha no alto do morro. Tinha de tudo, criança de dois anos até velhinho assanhado (sem querer ofender, ao contrário, sabe que só confio em alguém com mais de cinqüenta anos).

A casa, pela descrição dela, tinha a decoração daquele bordel aonde você foi na noite de Natal, com presépio e o teto enfeitado de foquinhos coloridos, anjos e estrelinhas. (Noite de Natal, quinze aninhos — e já no bordel, hein, meu carinha?)

Todos rezaram e cantaram. O mestre distribuiu o santo-daime, que é um tipo de chá. Ele pára com o garrafão diante da pessoa, enche o copo e você toma tudinho duma vez. A Lupe teve medo, só bebeu uns golinhos.

Aí o mestre ficou furioso e ameaçador. E a pobre engoliu tudo: viu estrelinhas e foquinhos acendendo e apagando, assim estivesse numa discoteca. Na maior animação, se pôs a rezar e cantar e dançar que não parou mais.

Horas depois, exausta e lavada de suor, foi respirar na varanda. Lá estava uma velhinha se abanando:

— Viu só? O santo-daime solta o capeta dentro de você!

É isso.

Para teu desengano, onde a orgia, o amor grupal? De sexo, que te interessa, nadinha? Mas a viagem continua.

Não fique sossegado, queridinho.

Didi.

Pipoca

Tava tudo bebum lá. Eu não tinha faca. Não tinha nada. Essa carteira? Sem tutu. Necas.

Aí o pessoal da Rone falou que era um assalto. E o escrivão lá do Distrito, se fazendo de bobo:

— Quanto cê acha que tinha naquela carteira? Viu muita grana?

Eu é que não vi. Euzinho com algum? Néris. Nadinha. Tudo bebendo no Bar do Tiozinho. Eu e o Pastel e uma das meninas dele. Quem, eu? Sou o Jonas. Pode chamar de Pipoca.

Esse cara enxugava também. Eu nem conhecia o tipo, ele vive direto no Tiozinho. Cheguei com meu carrinho de papel. E eles festeando lá.

Daí entrou essa quenga, ninguém sabe de onde. Isso aí, apareceu do nada. O cara logo se engraçou e foi sentar com ela. E gastava com o mulherio. Até pagou uma batida pra gente.

Depois o tipo saiu com a mina lá pros fundos. No pátio, as duas pequenas portas com letreiro vermelho:

DAMAS — GALÃS

Epa, o galã e a dama começaram a discutir. No programa, sei lá, não se acertavam.

Ele com a carteira aberta na mão — e cadê o dinheiro?

Daí me cheguei pra pedir um cigarrinho. O tal, apavorado de bêbado, jogou a carteira no chão. Bem nessa hora a Rone passava. O cara gritou e assobiou. Ela veio. Enquadrou a gente.

E ninguém com a faca. Essa faca nunca existiu. Sei que a carteira não tinha dinheiro. Do jeito que tava aberta, ele pegou e jogou. Eu até pisei nela. E disse:

— Ó chefia, não quero a carteira. Só pedi um cigarrinho.

A gente lá curtia. Numa boa. Eu, o Pastel e a Xuxa, filha da Marica. Ela tem um ponto de guardar carro. E também faz programa.

Agora o pessoal tava bebendo só. Esse cara deu de aparecer lá. Aprontou com a tal mina. E dedurou tudinho pra polícia.

[50]

Os tiras bateram na gente e largaram na jaula. Veja só. Quebraram o meu dedão. Agora quero ver o que dá pra fazer. Foi o sargento lá. Eu tenho o nome dele anotado. Me cobriram de porrada. O doutor pode ver. Aqui, olha. Tá inchado. Pisaram no meu pescoço. E falaram que um de nós aliviou a carteira.

Como foi assalto se ninguém não tava armado nem nada? Se eu roubei, cadê a faca? cadê o dinheiro? Eu tomo uns goles, isso não nego. Mas não fumo, não cheiro, não queimo.

Ladrão nunca fui. Tenho quatro filhos pra criar. Sou do trabalho. Sol e chuva. Pra cá pra lá. Eu e o meu carrinho de papel.

Mundo, Não Aborreça

Me diga, você. Me dê um só motivo pra querer a morte da Cecília. Se era o sustento da casa. Ganhava mais do que eu. Não tinha seguro de vida. Nem herança pra deixar.

Ela me pediu. Fervesse a água e botasse a garrafa de plástico nos pés, estava morrendo de frio. Daí dormimos.

Meio da noite rebenta a garrafa. Queimou todo o seu pé direito. E a perna soltava uma pele negra. Fomos de táxi ao pronto-socorro. Feito o curativo, nos mandaram pra casa. Não fosse a maldita diabete...

Quem dela cuidou por dez anos? Sim, dez anos esteve doente. Não é verdade que a maltratasse. Ou deixei de acudir esse tempo todo. Imagine largar na desgraça a única irmã. Lidei com essa ferida na perna por dez anos.

Ceci ganhava mais do que eu. Fornecia a casa e me ajudou na precisão. Agora fiquei sozinha e abandonada.

[53]

Bem que ela teve assistência médica. E quem a valeu todos os dias? Serviu de enfermeira? Sempre ao seu lado. Sem descanso nem sossego. Exausta, cabeceando numa cadeira dura.

Foi aí que teve o derrame. Chamei a ambulância. No hospital não foi bem tratada. E ficou com trauma. Ao visitá-la me pediu não a deixasse lá. Queria morrer em casa.

Ninguém cuidava dela. Era só eu. Mais tarde uma enfermeira veio fazer curativo na perna. Me ensinou a trocar a gaze esterilizada.

De volta do maldito hospital, a Ceci enjeitou os remédios. Duas vezes ao dia, ao lado do copo d'água, eu trazia no pires. Ela deixava ali, sem tocá-los. Se era inútil, parei de oferecer. E perguntava, solícita:

— Você está bem?

Seca e lacônica:

— Estou.

— Sente dor?

— Não.

— Quer alguma coisa?

— Nada.

Não conversava, como antes. A faladeira sempre

[54]

ela. Viver pra quê? Oitenta e cinco anos em janeiro. Tempo demais. Os dias repetidos — o que de bom aos oitenta e cinco anos você pode esperar? Resta alguma coisa para desejar aos oitenta e cinco anos? Da cama se arrastava para o sofá diante da janela. No começo ainda se distraía: o cantiquinho da corruíra, o vôo do beija-flor, o desenho das nuvens no céu — ondas róseas de espuma desgarradas ao vento em busca do mar perdido. E molhava com amor os vasinhos de violeta no peitoril.

De repente perdeu o interesse. De costas para o mundo. Nunca mais olhou lá fora. Preferiu a parede nua diante dela.

Até que um dia resolveu não sair mais da cama. Me proibiu de abrir a janela. Espanar o pó. Ou trocar os lençóis. Nem arejar nem nada.

— Ceci, posso fazer alguma coisa?

Ria do quê? de quem? a dentadura inútil no copo d'água.

— Não aborreça.

Era tudo.

Ali encolhida, de cara pra parede, coberta até a orelha. Alguma vez a ouvi rezando em surdina. Depois nem isso.

[55]

Ou meio sentada, a cabeça sobre dois travesseiros. O queixo pontudo apoiado na mão esquerda — um mapa em relevo de sinais dos últimos dias. Em que pensava lá longe a trêmula cabecinha branca? Eu trazia um pratinho de caldo de feijão. Ou, sua predileta, uma canja cheirosa. Nenhuma vez aceitou e deixava esfriar no criado-mudo. Essa mesma gulosa que nunca resistiu a uma fatia dupla de bolo de chocolate? Desisti de levar e aceitei a sua decisão.

Foi escolha da Ceci. O que mais eu podia? Senão atender ao pedido e não aborrecê-la. Daí me acusar que facilitei a sua morte... Se nada tinha a ganhar.

Duas professoras, solteironas e aposentadas. Moramos e trabalhamos juntas por trinta anos. Para ganhar mais uns trocados, tirei curso de radiocomunicadora e fiz alguns biscates.

Ah, ia esquecendo, nos últimos meses a Ceci me passou procuração pra receber a sua aposentadoria. Mas nunca fiquei com nadinha, nunca. Ela ganhava mil e poucos reais. Eu, só a metade. Somando, mal dava para as despesas. Sem falar dos exames e remédios caros. Nunca o dinheirinho bastava para comprar todos.

Tinha má circulação e outras doenças. Mas podia ter vivido muitos anos. Ela escolheu diferente. Antes de sofrer o derrame, quando estava boa, a gente bem que passeou.

No banco da pracinha falava com as pessoas. Andando de ônibus, sem pressa, até o fim da linha. Íamos à praia e, a mais exibida, erguendo a barra do vestido, ela molhava na pequena onda o pé leitoso de nervuras azuis.

A gente não se apartava. Pra cá pra lá, sempre juntas. Não descurei, eu juro, a minha irmã. Oh, não. Deus está no céu e eu na terra. Ele tudo vê. E sabe que não a abandonei.

Até me sacrificava. Tudinho primeiro pra ela. O lugar da janela no ônibus. A moela e o coração da galinha.

Ceci era toda a minha família. A falta que eu sinto, já pensou? Tenho duas sobrinhas, não sei por onde andam. Cada uma lá com a sua vida.

Foi assim. Naquela manhã, entrando no quarto, ela não respondeu — nunca respondia. Um silêncio oco e suspenso. A doce morrinha enjoadiça.

Chego perto, me debruço. Fosforescendo na penumbra a face lívida. Queixo caído, o buraco sem den-

[57]

te. Olho branco vazio. Bem aberto. O narigão torto cobria todo o rosto.

Chamei a assistência. Veio a enfermeira e confirmou o óbito. Me pediu informações. Tudo eu contei, direitinho. A queimadura, o derrame, a decisão pessoal. Sem eu esperar, me chamou de assassina. Devia tê-la impedido. Internar no hospital. Ora, exatamente o que a Ceci proibiu.

Só não denunciada à polícia pelos meus muitos anos. Decerto senil, irresponsável do ato criminoso. Cobiçando, quem sabe, a pobre aposentadoria da irmã. E, desumana, aceitei que se finasse à míngua, de inanição...

Providenciou a remoção do corpo. Mais alguns insultos. E afinal me deixava em paz.

Quatro vizinhos assistiram ao velório na capela e acompanharam o enterro.

Ninguém chorou.

Sobre o túmulo apenas um vasinho de violeta em flor.

Algum tempo segui a triste rotina. Distração na pracinha. Compra no mercado. Passeio sem destino de ônibus.

[58]

Afinal perdi o gosto. Pela conversa — e agora eu que falava.

A canja de galinha, só pra mim. Mais a moela e o coração.

A viagem, desta vez ao lado da janela.

A sesta, refestelada no único sofá.

E receber no banco, riquinha (ai, por um triz, essa maldita enfermeira), as duas aposentadorias.

Os meus dias contados. Logo logo ao encontro da Ceci. Espero não me guarde rancor. Hoje, com a sua idade (minto, alguns aninhos mais). Igual a ela, velhusca e achacada.

E também eu, no último suspiro, aqui sozinha — sem irmã que me feche os olhos.

Viver pra quê?

O que desfrutei já basta.

Mundo, não aborreça.

Por Cinco Paus

Eu não lembro o dia. É certo, eu atirei no Buba. Mas não por causa de cinco paus, não.

Foi em legítima defesa. Minha e da minha noiva Marta. Ele era pessoa viciada sempre ali na espera. O Buba mais o irmão Tonho. E roubava todo mundo na Vila.

Puxava fumo, cheirava pó, queimava pedra. E se adonando de tudo que tivesse valor. O que achasse na casa dos pobres ele punha a mão.

Nesse dia, não lembro o dia, umas três da manhã. No começo foi mesmo por causa de cinco paus. Eu vinha de uma festa de aniversário com a noiva.

Esses dois quando eu passava pediam dinheiro, uma vez cinco, outra dez. Eu sempre dava, assim obrigado, né? Nesse dia fiquei sem nenhum. Tudo gasto na festinha.

O cara total fora de controle. Era viciado demais. A mãe dele já não agüentava. Tinha vendido tudinho da casa. Rádio e máquina de costura, né? Sapato, vestido e óculo da triste velhinha.

Nesse dia faltavam os cinco paus, que o Buba cobrava pra dar passagem. A gente vinha de carro e ele me parou. Eu e a noiva. Fez sinal e me barrou e pronto. Daí pediu os cinco paus. E você tinha? Nem eu. Falou que tava armado e desci do carro. Ele chutou a porta com força. O 38 aparecendo na cintura.

Eu sem nada e o tipo me ameaçou. Disse que ia se cobrar na minha noiva. Será que ela valia cinco paus? Dez, quem sabe vinte?

Então nós discutimos. Sem que esperasse, tomei dele o berro na cinta. E veio com tudo pra cima de mim.

Dei um tiro. O Buba não parou. Dei outro. Ele rodopiou e despencou lá do alto. Caiu de joelho. E bateu de cara no chão. Esse já era. Não olhei mais pra ele.

Cuidava do irmão Tonho que vinha crescendo pro meu lado. Já tava perto. E apontei o 38. O cara gelou assim direto, as mãos no ar.

Subi no carro com a Marta. Lá na frente joguei fora a arma. Falei o tempo todo até a casa dela. A pobrinha não deu um ai.

[62]

Agora que tô fugido, o Tonho quer me acusar. O traficante seria eu, não o Buba. Ah, é? Então me diga: qual dos dois trabalha de garçom e tem carteira assinada? Me jurou de morte matada, assim que eu apareça. Viver ou morrer lá na Vila? Isso aí, cara. Cinco paus o teu preço.

A Pizza Calabresa

Dez e meia da noite o Edu ligou lá pra casa.

— Acuda, primo. Estou a perigo, meu chapa.

Ir buscá-lo na Vila Zumbi.

— Ei, cara. Me dei mal no jogo. Tô meio bêbado e perdido. A favela é barra-pesada. Se vier, salva uma vida. E a gasolina por minha conta. Ainda sobram dez paus.

Perguntei pra minha noiva se devia ir. A Lúcia falou que, caso ele pagasse a corrida, tudo bem.

Cheguei lá na esquina e o primo tava esperando. Entrou no carro, passamos no posto, ele pediu dez reais de gasolina.

Na estrada logo adiante piscava o anúncio luminoso.

— Olhe. Ali vendem uma pizza especial. Por que não leva pra noiva?

Boa idéia. Encostei o carro no pátio. Estranho. Especial? e ninguém nas mesas?

Perguntei à moça do balcão:

[65]

— Qual é a mais saborosa?

Respondeu que dependia do gosto de cada um. Eu pedi duas pequenas. Uma, calabresa e a outra, quatro queijos.

Paguei direitinho com uma nota de cinqüenta. Ela foi buscar o troco. Olho pela vidraça e lá fora, ao lado do meu, parava um carro da polícia.

Entraram dois grandalhões. Ali plantados na porta olhando muito pra gente. A casa tinha sido assaltada dias antes e faziam abordagem.

Pediram que a gente fosse lá fora.

— Tá bem. Somos de paz.

E tratamos de obedecer. Pernas abertas e mãos na parede, fui revistado primeiro. Tudo limpo.

Na vez do Edu acharam uma buchinha de maconha. Ele disse que era usuário. Mas tava querendo abandonar o vício.

Daí veio o pior. Apareceu o 38 na cintura. O Edu vacilou:

— É pra minha segurança.

A Vila, uma zona violenta. Podiam ver que a peça até enferrujada. Mais pra assustar. Nunca tinha dado um tiro com ela.

Nessa hora o outro polícia já me algemou. E depois o Edu.

— De quem é o carro?

Falei que era meu. Pediu a chave, vasculharam lá dentro. Nada de errado. Olhavam os documentos, tudo certo no meu nome.

De volta com a gente na pizzaria. Conversaram baixinho com a moça, que tremia de nervosa.

Daí se chegavam e, sem a gente esperar, nos encheram de porrada.

Parou um ônibus no ponto em frente. Viram a gente apanhando e ficaram olhando. O polícia gritou pra moça:

— Apaga a luz, porra!

Lá no escuro se fartaram de mais pancada e tanto pontapé.

Então o Edu, ainda cobrindo o rosto:

— Será que... um acerto?

Os dois quiseram saber o que tinha pra eles. O Edu, sem me olhar, ofereceu o som do carro. O polícia se vira e pergunta se eu dava o som. Eu disse que não, dez prestações pra pagar.

— Quanto vale?

— Foi uma pechincha.

Expliquei que nada tinha a ver com a maconha e o revólver. Não sabia que o Edu andava armado. Nem por que eu tava apanhando.

— Tenho vinte e um anos. Sou honesto e trabalhador. Provo com os documentos e o crachá da firma. Mais o dinheiro no bolso, quase cem paus.

Eles olharam pro Edu e disseram que não tinha nada pra dar.

— Nenhum acerto, pilantra.

Chamaram reforço. E cada viatura que chegava aproveitou pra bater mais um pouco.

Nos jogaram no fundo do porta-mala. O Edu perguntou:

— E o troco da pizza, minha gente?

A resposta foi uma gargalhada geral. Acho que ele ainda tava meio bêbado. E insistiu:

— A gente não pode ao menos levar as duas brotinhos?

Foi aí que eles morreram de tanto rir. Trancaram o porta-mala e lá fomos pra delegacia.

Recolheram os dois numa sala dos fundos. Massacraram mais um bom tempo. Usando, pra se divertir, a tal maquininha de dar choque.

Daí atropelados pra outra sala da frente. Só então pararam de surrar. Me chamavam pro depoimento. Expliquei mais uma vez toda a situação desde o começo. Era noivo, a Lúcia me esperava aflita em casa. Com emprego firme, não tinha por que assaltar. O meu único erro? Fazer um favor pro amigo. E me acusavam pelo crime que não existiu. Eu, só eu, o mais prejudicado.

— Tudo porque nunca sei dizer não...

Daí o escrivão trouxe os papéis.

— ...se alguém pede um favor!

Quis ler antes de assinar. Ele disse que tava com pressa e ali não tinha espera.

— Eu não assumo nada sem ler.

— Ah, é? Seu malaco de merda. Então é assim?

E chamou os dois policiais. Cresceram pra mim, um de cada lado. Mais que depressa, eu datei e firmei.

Me algemaram de novo e levavam pra cela.

— Que tal uma ligação pra família?

— O direito é só amanhã de manhã.

No outro dia pedi que avisassem no meu emprego, já que tava preso injustamente e a firma poderia ajudar. Daí quis falar com a noiva, mas duas ligações não eram permitidas.

[69]

Passaram os dias. Terça-feira chegou a doutora Teresa para atender o meu caso. Explicou que era acusado no artigo 157. Nessa hora veio o desespero. E chorei muito.

Ela me consolou. Cuidava da defesa e ficasse tranqüilo. Mas ia perder o emprego. Um lugar que tanto lutei para conseguir.

Uma semana depois, ela afinal me livrou. Cheguei em casa às sete da noite, com a mesma roupa do primeiro dia.

Fui lá na firma para me justificar. O gerente disse que entendia a situação. Mas o pessoal era muito rigoroso com os problemas de polícia. Chorei direto. Implorando que trabalhava até de graça. Ele falou que não dava para voltar atrás.

Naquele instante acabou a minha vida. Muita conta pra pagar. Mais o aluguel. A prestação do carro. E dos móveis.

Sem falar do casamento marcado.

Ganhava livres mil e duzentos paus, com as horas extras. E levava em dia todas as dívidas. Daí pra frente não tive mais condição.

A Lúcia me deu coragem e força. Levantei a cabeça,

[70]

fui atrás de outro emprego. Com o apoio da família para não desanimar. Cada dia entrego mais currículo nas empresas.

E tô aqui, né, doutor? Na lida com este processo. O Edu que aprontou tudo, o desgracido. Eu não tava sabendo da maconha. Nem da tal arma, enferrujada ou não. Naquela maldita noite saí de casa. Dos braços quentinhos da noiva. Só pra fazer um favor ao parente. E arruinar a minha vida.

Esse tal Edu nem é meu amigo. Um primo meio escroto e bandalho. Nunca gostei dele.

Para ser justo, num ponto bem teve razão: a moça da lanchonete ficou me devendo o troco do cinqüentinha. E as duas pizzas. Uma, quatro queijos e a outra, calabresa.

Garota de Programa

Puta, não senhor. Garota de programa. Não sei de nada. Só que fui presa. Fazia um lanche com minha amiga Jussara. O nome do bar não lembro. Fica lá na Riachuelo, não tem erro.

Mãe de duas meninas fofinhas que... Sim, já usei droga. Custou, mas me livrei. Bem um ano que tô limpa. O meu cara trazia da favela. Tá preso por ladroagem. Um tal Edu.

Quando me prenderam tinha a grana certinha do celular da amiga Jussara. Tava sem a bolsa e pediu que guardasse pra ela. Eu ia pagar na farmácia 24 horas. É minha vizinha e a gente anda junto.

Com droga nunca transei. Ligadona só na birita. Como vim parar aqui? De nada não lembro. E descobri que fui presa? Só no dia seguinte. Tão bebum, sabe como é.

São duas filhas, duas boquinhas com fome. E tenho de sustentar, né? Naquele dia tava no bar. E chegam os tais senhores. Se apresentam como da polícia e vão logo me enchendo a cara de porrada.

Uma semana aqui na delegacia. Inchada e roxa, só olhar pra mim. O chefia acha que se tivesse toda essa grana que falam eu ia ficar sete dias na cadeia?

Não conheço os caras que foram presos. Se lidam com droga isso é com eles. Olheira de traficante, eu? Imagina!

Comigo não tinha pó nem pedra. Pra dizer a verdade, só fumei um baseado e queimei uma pedra lá pelas cinco da tarde. Aí é que começo a beber. Mas nada sei de droga nenhuma. E provo pelo dono do bar. Viciada, euzinha? Só na birita.

Falar nisso, achei na bolsa a conta do telefone. Mas o dinheirinho contado sumiu, né? Vá saber quem pegou.

Pode me encontrar no Passeio Público. Lá o meu ponto de trabalho. Puta, não senhor.

Sou é menina de programa, às ordens.

Recados com a Jussara.

O Bolso na Ceroula

Nem sei por onde começar. É tanta coisa. O bolso na ceroula e tudo. Uma confusão desgracida.

Foi bem assim. Eu morava no quarto alugado de uma das casas do senhor Akira. Mas não tenho nada com o que aconteceu.

Veio a crise, perdi o emprego, devia quatro meses de aluguel. O seu Akira me convidou para ir à casa dele e fazer um acerto. A gente dormia junto uma ou duas vezes por semana. Em cada programa descontava uma parte do aluguel.

Sem conseguir trabalho, aceitei a proposta. Logo depois foi a vez dos amigos. Que nojo, o mesmo cheiro podre de peixe. Bem eu precisando, né, tive de me sujeitar. Nenhum pagava em dinheiro, sempre o abatimento no aluguel. Engraçado. Pelas contas do seu Akira eu nunca zerei a dívida.

Era muito conversador e gostava de exibir grandeza. Quanta casa com piscina, chácara, carro. E mil mulheres. A esposa Kiko ficou no Japão, nem sentia falta.

Alugava os quartos só para moças. Sem nenhuma pressa do aluguel. E, quando já não podiam pagar, se cobrava no corpo fresquinho delas. Conheci duas ou três. Uma chamada Diva. Outra, Margô. E Laura. Ou era Lúcia? Tipo eu, obrigadas a se deitar com a colônia de velhos peixeiros. E devendo sempre mais aluguel.

Daí, numa conversinha com o meu namorado, foi sem querer. Essas bobagens, sabe como é, depois da transa, você fala fala fala. Eu contei, mas era de brincadeira, não achei que ia acabar assim:

— O japinha guarda dinheiro lá num bolso da ceroula!

Ai, como eu me arrependo. Nem queria ter alugado esse quarto e conhecido o velho. Estaria vivo e passeando de mãozinha torta no bolso. Se tenho de pagar por erro tão pequeno, bem que eu aceito. De verdade nunca pensei que o César fosse capaz. É segurança numa sauna gay. Um durão. Só anda armado.

Me fez apresentá-lo ao seu Akira. Propôs negócio especial. Um caminhão cheinho de contrabando. Se ofereceu para mostrar a mercadoria. Escondida num barracão no alto da serra.

Nada sei da morte do japonês. Ouvi mais tarde que foram dois tiros no rosto. Um furou o oclinho bem no meio, sem rachar a lente. Vazio o bolso da ceroula amarela.

Quando veio a notícia chorei direto. Mortinho e jogado num fundão lá do Véu da Noiva. Diz que foi o César e mais outro. Um tal Edu ou Dudu. Como é que pode, eu presa, os dois fugidos ou soltos?

Bem, quando a polícia me pegou acharam que fazia parte de uma quadrilha de seqüestro. Jurei que não, mas nada adiantou. Não sei se a gente pode falar, mas tô com dois dedos quebrados. E cicatrizando quebrados. As unhas do pé já caíram. Foi das porradas que a polícia me deu. O serviço deles é assim mesmo, né?

Isso lá no meio de julho. Mais uma vez atrasada no aluguel. Tempo do programa com o seu Akira. Já não achei o homem. Procurava e nada de encontrar. Nem no telefone.

Daí o César falou que o japonês estava pescando no litoral. E, depois, doente de uma tal salmonela, nem sei o que é. Internado no hospital, não podia receber visita.

Mais tarde o César vem e me diz que o seu Akira

tinha viajado para visitar a esposa Kiko no Japão. Não pensava mais de voltar.

Aí ele trouxe esse papel da procuração dos aluguéis. Eu fiz a cópia da assinatura. Foi de uma carteira de motorista. De lá imitei a letra. A consciência culpada, isso eu assumo.

Só fiz porque o César mandou. A idéia foi todinha dele. Bem eu não queria. Mas com o machão a gente não discute. Manda e pronto!

Daí passei a receber os aluguéis das muitas casas. O dinheiro ficava todo com o César. Bem, algum me deu. Quase nada. Pras despesas, sabe como é.

Uma denúncia anônima e a polícia me flagrou recolhendo os aluguéis. Revistam a bolsa e descobrem a arma. Minha não é. Só estava guardando pro amigo do César, o tal barbudo que me fugiu o nome. Não sei se Dudu ou Edu. Depois falaram que foi esse 38 que atirou o pobrinho do japonês.

Aí é que entra a história desse Edu, um apelido assim, que tinha descido o rio com o seu Akira. Me pediu e, de muito boba, já pensou? Guardei o 38. Logo eu, euzinha que nunca dei um tiro na vida. A partir daí nunca mais vi o tipo. Acho até que usava nome falso.

Assim, o que tenho a dizer é isso. Não sei se pode contar, foi lá no Distrito. Um advogado avisou que devia tomar muito cuidado. Se falasse demais, perigava me dar mal. O mesmo fim do japonês, no fundão do Véu da Noiva.

Olha, eu disse pra ele. Não sei o que me espera o futuro. Tudo o que fiz eu não escondo. Fui a ponte de duas amizades, não sei se boas ou ruins. Mas acabou na perda de uma vida. Acho que ninguém merece o que fizeram com o hominho.

Muita coisa já não lembro. A polícia desconfia que tive parte nessa morte. Quem deu o tiro no olhinho preto não fui eu. Juro por tudo que é sagrado. Três vezes inocente.

Então quem terá sido? O César? O Dudu? Uma das garotas? Decerto alguém que não gostava nem um pouquinho dele.

Sim, eu confesso. Até me dava bem com o japinha. Naquele oclinho grosso, sempre faiscando por mais uma na coleção. Nos encontros me oferecia cerveja. Pra ele era uísque e um comprimido azul que não sei o nome.

Daí todo animado e divertido. Na velha ceroula com esse bolso enorme. Tinha um livro de figuras e, o

rosto bem vermelho, queria imitar as tais posições —
só que muito difíceis.

A vingança pelo fiasco era marcar a bunda de suas
meninas com a brasinha do cigarro.

Cada uma destas pintas roxas? Um pequeno des-
conto no meu, no teu aluguel.

Nunca zerado.

O Agiota

Os jornais de três dias, espalhados na varanda, chamam a atenção dos vizinhos.

Avisada a polícia, o velho é achado morto. Um golpe certeiro de machadinha lhe degola meio pescoço. Os bolsos virados pelo avesso.

A carteira (sempre gorda de notas) agora vazia.

Um lenço vermelho de sangue.

E o óculo de lentes rachadas.

Mora só, desde que a mulher o abandonou faz anos.

Porta e janela fechadas, não abre para desconhecido.

Empresta dinheiro a juro. Em cada nota de dívida, grampeia uma papeleta com instrução de cobrança. O agiota se você pede um grão de arroz tem de pagar esse grão mais quatro ou cinco.

Entre os papéis, anúncios de "Precisa-se Empregada Doméstica". Num só ano, oito delas... Algumas ficam até uma semana. Outras não mais que dois ou três dias.

— Oitenta anos, já viu? E na força do homem!

Com risinho bandalho:

— Muita mulher pode confirmar.
Assim as empregadas não se demoram na casa. Não
por ser cainho, bruto e cheio de mania. Mais por estar
sempre com as mãos nelas. Esfregando-se na cozinha.
Seguindo-as quando arrumam o quarto.
Têm que lutar para se livrarem. Fácil não é fugir da
sua pata cabeluda. Mais de uma fraqueja aos ataques
do ancião libertino. Exibe-se com os polegares enfiados no suspensório
de vidro. Esquece de propósito a braguilha aberta.
Deliciado, fuma charutão barato. Ainda no calor, usa
meia de lã. Prepara sozinho a sua pobre comida.
O assassino, logo descoberto, aparece no rol dos devedores. Ao visitá-lo, a polícia acha na cesta de roupa uma
camisa suja de sangue. E, sob o tanque, a machadinha
com que no açougue retalha frango, pato e peru.

Atira, Velho!

Sábado, duas da manhã. De uma festinha com amigos, o rapaz volta para casa. Desce do ônibus e segue apressado pela rua escura.

Na esquina dá com três caras assaltando um casal de velhos. Um dos tais o aponta:

— Quero ver o que esse magrinho tem pra gente!

Largam os velhos e vêm na sua direção.

— Ei, não corra. Ou te dou um pipoco.

Corre, sim, duas quadras e meia até a casa. Os tipos aos berros e palavrões no seu encalço. Cada vez mais perto.

— Pára. Ou lá vai balaço!

A mãe, que não dorme antes da volta do filho, ouve gritos de socorro. A voz do seu menino! Se abala desesperada para abrir a porta. Apenas o tempo do moço entrar aos pulos. E os maus elementos já chegam bradando e jurando de morte.

A velha trêmula de costas contra o batente. Braços abertos. Entre o filho e o mundo inimigo.

O homem acorda com o alarido. E pedradas na porta. Ergue-se, gemendo. Mal pode andar com as dores da hérnia umbilical. Alcança a velha carabina sobre o armário. Atravessa a sala iluminada. E sai para a varanda.

A mulher acode:

— Jesus Maria José!

E o filho, ao seu lado:

— Pai, o cara tá bêbado e pirado!

Já se arma com uma faquinha serrilhada de pão.

— Eles quiseram me assaltar. E ameaçam de botar fogo na casa!

Da trinca, ao ver o homem de carabina em punho, dois se afastam vagarinho. Não o terceiro, o maior deles. Em desacato, abre a jaqueta azul, aos gritos:

— Atira, velho. Atira, se for macho!

E como ele não se resolve.

— Atira aqui, velho fidaputa!

Exibe o peito forte:

— Bem aqui!

Daí o homem ergue a carabina.

— Foge, malaco.

Decidido afinal.

— Corre, que lá vai bala!

E puxa o gatilho. O tiro certeiro derruba um galho de árvore na rua.

Pronto, o valentão faz meia-volta e sai em disparada. Os outros, esses, quem viu? Na fuga o tipo corre em ziguezague. Tropeça e rola numa valeta. Aos saltos já some na curva.

O homem espera que se perca ao longe. Então se recolhe, que logo fraquejam as pernas, amparado pela mulher e o filho.

— Tudo acabado.

A velha suspira:

— Já faço um café pra nós.

Uma hora depois chega um carro da polícia. O cabo dá voz de prisão ao homem. Na primeira esquina, à luz do poste, ele vê o morto.

Estendido de barriga pra cima. Sem a jaqueta azul. E um gorro vermelho de lã crispado na mão direita.

No Distrito consegue afinal convencer o delegado — se atirou para o alto, cortando o galho da árvore, como podia acertar no peito do morto?

Tudo revelava, isso sim, um ajuste de contas entre os bandidos.

Solto na manhã seguinte. Indiciado porém no inquérito.

Com as despesas e o advogado, lá se foi a poupança da família.

A operação de emergência da maldita hérnia que estrangulou. As muitas dores. Não menores aflições.

Isso tudo acabou com o pobre homem.

Zé

eu mesmo José Joaquim dos Santos
mais conhecido por Zé
nos meus trinta e seis anos
saí do serviço lá pelas cinco da tarde
fui pra casa tomei banho
era sábado fiquei por ali
umas oito da noite vou pro boteco
eta vidinha de merda né
garrei a tomar a se embebedar
média das dez ou onze
saio do bar
e daí?
sem lembrança nenhuma
nadica de nada
até o polícia aí falou pra mim
— *ô moreno cê tá demais bebum*
se eu fiz mesmo isso que dizem
foi sem intenção

nunca dei trabalho pra justiça né
dez anos comendo barro na olaria
sem faltar uma vezinha
não sou de fazer isso
lá sei de errado o que foi
— *uma confusão no boteco*
o cara quase afogo direto
com essas mãozonas tortas!
difícil de acreditar
eu aqui o seu criado?
é parte bem esquisita
não lembro um fiapinho do acontecido
sou forte mas não sou de guerra
nunca ando armado
só a faquinha sem fio
pra me defender né
lá em casa o único que trabalha
tô aqui nessa dificuldade
de luto pela mãezinha que se foi
o pai muito doente das urinas
preso na cadeira de roda
usa fralda
até vieram me avisar na cadeia

tá na última quer muito me ver
mora ainda uma irmã
sofrendinha da cabeça avoada
ergue a saia pra exibir as vergonhas
na porta de casa
o único que cuida de todos
só tem eu
o que será dessa gente
se eu falto?
então me diga chefia
o que tô fazendo aqui?

Terno Azul com Listinha

Sábado, umas seis da noite, eu vinha pela Riachuelo com o meu amigo João. De repente ele falou:

— Não olhe agora. Tem um carro seguindo a gente.

Me virei e vi logo atrás um carro preto em marcha lenta. Assim que espiei, o carro acelerou e freou ao nosso lado.

Desceram três tipos, um já se coçava com a mão na cintura. Eu peguei e fiquei parado de susto. O cara vinha falando:

— Essa roupa azul aí é do meu irmão!

Mas eu disse:

— Não, senhor. Esta roupa azul não é do teu irmão. Eu que comprei. É muito minha.

Daí ele mandou:

— Entra aí no carro!

Eu falei:

— Não. Eu não vou entrar.

— Entra, sim.

— Não entro, não.

Dei as costas pra ir embora. Nisso vieram os três, fui agarrado com força, jogado dentro do carro.

Olhei pela janela e na esquina ficava o João aos gritos com os braços no ar.

Levaram lá pra casa deles. E, me cobrindo de porrada, queriam saber de uma tevê, uma torradeira, panela, porta de boxe de banheiro... Mais todo tipo de roupa.

Eu só repetia:

— Não sei nada disso. Vocês pensam que sou outra pessoa.

— É você mesmo, seu safado!

Me batiam a cabeça na parede e puxavam com raiva o meu cabelo:

— Escolha. Ou você fala. Ou vai apanhar!

Eu gemia:

— Não sei de nada. Juro que não sei nada disso.

Me arrastando lá fora, amarraram numa árvore. E malharam, um de cada vez, até não poderem mais. Basta olhar pra mim, inchado, todo roxo, óculo escuro.

Afinal me trouxeram de volta. Só de cueca e descalço. Amanhecia, um frio desgracido. E largaram no mesmo lugar, lá na Riachuelo.

— Isso é pra você aprender, seu ladrãozinho de merda!

Sondei a rua e o céu. Nem sinal do João.

Agora eu quero saber dos *meus* documentos. Os *meus* cento e trinta reais, em notas de cinqüenta, vinte e dez. O *meu* tênis incrementado (quase novo). Tudo isso me aliviaram, os sacanas. Ah, ia esquecendo, a minha carteira de trabalho lá no bolso do paletó.

De verdade comprei esse terno azul com listinha de um piá da rua. Nenê, o apelido. Disse que carecia vender pra comprar droga. Pediu cem paus, eu dava cinqüenta. Desconfiei fosse roubado, mas não tinha certeza. E serviu certinho, muito nos trinques.

Sempre me falam pra deixar de ser bobo. Sou um cara legal. Meu defeito é acreditar nos outros.

Até me conformo que os tipos fiquem com a roupa. Se alguém furtou do irmão de um deles. Tudo bem. Quem ia pensar, né? Essa coincidência desgracida. Um encontrar o outro, já pensou? Ali na Riachuelo, com o mesmo terno de listinha branca?

E ainda que fosse eu... Quero dizer, se tivesse sido eu... Veja bem, não estou confessando nem nada. Só não acho certo é me acusarem direto sem prova. Levem e amarrem e surrem desse jeito.

Socaram demais a minha cabeça na parede. Tanto puxaram o meu cabelo, orra. Ficou um mês assim todinho em pé. Ainda hoje não posso pentear direito.

A Guria

O que aconteceu lá, sem mentira nenhuma, não é nada disso.

A menina tava pulando corda na frente da casa. Então eu chamei ela. E fomos pro parquinho. Tipo dois irmãos. Bem a gente se gosta, né? A mãe tá apartada do pai. Eu não tenho onde parar. Só fico zoando. E trombei a guria. E fui andando com ela. Daí peguei na mão. E sentamos no banco do parquinho. Trocando uma fita. Esse lance de pai e mãe. Quando eles saem de casa, as garotas jogam de casinha, né? E o irmão de ser namorado e pai. Essa transa, né? Agora, que sou de maior, já não posso brincar?

De repente ela garrou o meu boné e saiu correndo. Daí falou pra vó que a gente fazia cosquinha. E só. E mais nada.

O segurança lá da Vila foi me prender. Isso aí, chefia. Naquela tarde eu peguei a guria. Dei a mão pra ela. Me esfreguei assim, né? Bulindo na tetê.

[95]

Essa pivete deve ter o quê? Uns sete anos? Aí nessa fotografia é a mais pequena da trinca. No vestidinho cor-de-rosa. E rindo banguela, com a mão na boca. De verdade eu abracei ela. E dei uns beijinhos. Faz de conta que sou irmão, né? O mesmo que festear com a gatinha. Isso aí. A gatinha branca lá de casa.

Só fiquei assim de frente. Mexendo, né? Bem de pertinho. Não foi, sabe, nenhum tipo de...

Essa história de machucar a guria? É tudo mentira. Mentira mesmo. Eu não bati, não. Nem forcei ela.

Já tô preso, né? Por que ia ficar negando?

Escroto e Bandalho

São três artigos, doutor. O 16. Mais o 155. E o 157. Isso mesmo, droga, furto, mão armada. Só bobeira da lei. Nos três casos a vítima sou muito eu. De verdade nenhum não devo. Sou inocente, doutor. Três vezes inocente. E provo. De nada sou culpado. Tudinho nos conformes.

Como assim, doutor? Puxa, é mesmo, desculpe. Esqueci do 121. Mas esse nem vale. Já explico.

Tava me virando de camelô, vendendo CD do Paraguai, no dia que baixaram os fiscais. Fechei o guarda-chuva e saí numa chispa. Mas eram três e um me segurou pela camisa amarela, rasgou toda em pedaços.

Fomos lá pro Distrito. Daí o escrivão disse que eu tinha um 155 pra responder. Ah, esse 155 maldito, quase paguei com a vida. Uma simples lasca de bacalhau, doutor, já pensou?

Veja só, um tiquinho assim de bacalhau, que aliviei lá no mercado. Por conta do descuido, sete meses de penita me rendeu.

Foi na Páscoa. A mulher, muito religiosa, tava com vontade. Lá no mercado dou o bote, enfio o bagulho debaixo da camisa. Olho dos lados e saio numa carreira. O mais chucro dos cavalos loucos. Ah, ninguém me pega costurando no meio dos carros em disparada na avenida. Tô pra ver o merda do segurança que tenha coragem.

Só que, desta vez, deu azar. Me desvio de um carro. Tiro um fininho. Me safo de outro. E bato de frente, fidaputa! O peitoral contra o radiador do ônibus a sessenta por hora. Me acertou de cheio. Desmaiei. Juntaram os meus pedaços.

Quebrei os dois braços em três lugares. Da barriga foi tripa pra todo lado. Dores e gritos no hospital. E os sete meses de tranca. Esse crime, doutor, já paguei dobrado. Tô limpo. Pode ir contando.

Agora preso pela 4ª Vara. Foi só uma furada minha. Deram o papel pra mim, dizendo que era um 16. Não sei ler, mas o nome desenho certinho. De otário, assinei. Só que era um 157.

Nessa hora um tipo careca e barbudo ao meu lado assumiu que tudo do 157 era dele. Não sei o nome nem quem é. Tá preso, fácil descobrir.

Não tenho nadinha com esse 157. Meus documentos foram roubados na pensão e aprontaram pra mim. O escrivão trocou lá os nossos papéis. Pelo tipo é justo que eu pague?

Deus me livre, doutor. Sou da roça, só gente fina. Esse assalto eu nunca fiz. Logo mais de mão armada. Juro pela cabeça dos três anjinhos.

Paizão, sim. Uma filha de seis aninhos, um piá de quatro e o caçula de dois. Tô na pior e eles agora ficam na minha sogra. Mas não esqueço de mandar uns sapatinhos, a cesta básica e tal.

Daí que aconteceu tudo isso. Eu bem não queria e fui contra. A minha esposa, doutor, vê se pode. Tanto fez, fez que virou garota de programa.

Sem trabalho e na precisão, entrei na fria do bacalhau. Porra, que trombada! De cara no ônibus. Lá se foram os dois braços. E o recheio da barriga, que nem tenho.

Por meu Jesus Cristinho, tudo já paguei. Em tratamento sete meses direto no manicômio. Me deram alta. Só que ando sempre com muitas dores pelo corpo. Ainda mais quando chove.

Agora essa tramóia da sogra.

De novo lá pro Distrito. O tira de barbicha que inventou o lance da bucha de maconha. Escondida no meio dos CDs. Me apontou, que era minha. E minha nunca foi.

Não é nada disso. Pra contar do começo, encontro a mulher na calçada rodando bolsinha. E, gostosa que é, todo cara crescia de olho grande pra ela. Daí comecei a brigar ali mesmo na rua.

Não me segurei, doutor. Homem de brio não vê a mulher, mãe de três filhos... De repente se oferecendo, todas belezas de fora — tipo menina de programa?

Na maior desgraça, daí... eu, quem sabe... o doutor mesmo... até capaz de aceitar. Qual o homem que garante — desta água, nunca? Último recurso, doença ou morte, sei lá!

Mas não desta vez. Ah, não me agüentei. Já dou uns tapas estalados na cara da vagabunda. Pra criar vergonha, porra!

Ainda pê da vida, enxugo umas latinhas de cerveja. Mais calmo, vou dormir. Acordo e quem vejo ali na sala tomando a minha cerveja com o tira de barbicha?

Se não bastasse, a sem-vergonha me recebe aos gritos de *Escroto e bandalho!* E, com uma bruta gargalhada, me joga certeira a latinha aqui na orelha esquerda. Não, minto. Foi a direita.

Pra me defender e pela falta de respeito — escroto, eu? bandalho, eu! — mais uns tabefes de mão aberta. Uns tabefes, não. Um tapinha só, meio de amor, nem deixa marca. Na mulher não se bate com uma pena de colibri. Ainda mais, bonita. Hein, doutor?

Daí que a sogra, ela sim, viciada numa erva, escondeu no meio dos CDs a trouxinha. Que era bem dela. Foi quem armou tudo pra mim.

E fez questão de me cagüetar. Logo eu. Traficante conhecido, já pensou? E fichado lá na zona. Euzinho, doutor!

Grande falseta, sim. Que já provei droga? E quem não! Isso eu confesso. Mas juro de pé junto que uso não faço.

Bem... Aqui entre nós. Só quando alguém insiste muito. E me dá de graça.

O artigo 121? É mesmo, já ia esquecendo. Tentativa de homicídio? Imagine só, doutor. Foi bem diferente.

Ela me acertou a latinha no rosto e foi só cerveja na camisa nova... Nessa hora perdi a cabeça. Sou da paz, não sou do mal. Mas não me provoque. Daí por mim não respondo.

Aqui no peito o coração batia forte de punho fechado. Mal eu conseguia respirar. No meu olho baixou uma cortina vermelha de sangue. É agora, desgracida. Saquei o 38 que ando sempre com ele. Em Curitiba, né, doutor, nunca se sabe. No fim do corredor o barbicha sumiu aos pulos. Levei a arma pra bandida. Nunca mais, porra! essa aí me chama... Cê tá morta, cadela. E puxei o gatilho. Foi a mão de Jesus Cristinho. A velha peça pipocou. E a mulher viveu de novo. Eu também. Se a bala não mastigasse na agulha. Fatal. Penita pra um e pra sempre. Obrigadinho, meu Deus. Te devo mais essa. Já viu, né, doutor. Sou inocente. *Não houve o tiro.* Logo, nenhum crime aconteceu. No 121 me enquadrar já não podem. O que acha o distinto? Tudinho nos conformes. Certo, doutor?

Último Aviso

é o último aviso
nunca mais chegue perto da garota
se não obedece
você já era
a ordem veio de cima
a moça é protegida do maioral
ele tem o poder
quem te pega fica limpo no comando
eu fui chamado
pra resolver a parada com você
tua única chance
é ser bonzinho
ou sumir pra longe
senão paga você
tua mulher teu filho
caso ande na linha eu te esqueço
banque o espertinho

tá ferrado malandro
fatal
não dura um dia
se quer viver até amanhã
ser gente direita
nunca mais chegue perto da guria
ouviu bem
fico na tua cola
pilantra
TÔ DE OLHO EM VOCÊ

O Maníaco Ataca

Saio bem cedinho. Ainda escuro e muita neblina. Na maldita pressa, abreviando caminho, ai, não, me arrisco na linha do trem.

Ouço passos furtivos logo atrás. Com medo o coração se põe a bater mais rápido que eles. No caminho deserto ali sozinha.

Sigo para a esquerda, os passos também. Desvio para a direita, eles vão junto.

Me viro e, trêmula, enfrento o estranho:

— O que o senhor quer?

Tem na mão uma pasta preta e na outra, meio escondido, um pedaço de pau.

— Cê tá pra mim!

Larga as coisas no chão. Com um pulo já mete as duas mãos no meu peito. Derruba na grama e vem por cima.

O bruto peso da morte. Na hora acho que é o fim. Começo a gritar. Chamo direto por meu Jesus Cristinho, ele não ouve.

O cara me prende os braços e quer beijar. Tanto desespero, junto força pra soltar as pernas. Seguro o rosto do desgraçado, um bafão nojento de cigarro, pinga, droga.

Olho verde doidão. Aquela boca imunda já quase na minha. Se esfrega, babando e ganindo, por uma dobra de carne onde se enfiar.

Daí consigo tirar a perna direita do meio dele. Com a mão livre lhe afasto o peito, encolho o joelho. Erguendo o tênis, arrumo a sola certinho. E empurro na barriga com toda a força.

É um barranco, ele rola e vai lá pra baixo. Só a conta de me levantar, apanho a sacola e a bolsa. O tipo se ergue também. Vem com tudo. E acerto duas sacoladas bem na cara.

Sem tempo dele pegar a pasta e o bastão. Saio correndo e bradando socorro. Espio pra trás, ele tropeça tonto e cego. Fujo aos gritos, alcanço uma rua iluminada, com gente a passeio.

Me perguntam o que aconteceu. Conto pra eles, confusa e soluçando. Olham todos para a linha do trem — com a neblina só aparece o vulto ao longe. Uns rapazes vão atrás. É tarde: o maníaco já sumido.

[106]

Uma grande tremedeira me sacode todinho o corpo. Pra não cair, epa! tenho de sentar no chão. Meio boba:

— Me salvei. Mas não foi fácil... Puxa, eu me salvei!

Afinal Jesus Cristinho bem que escutou.

Tudo muito depressa. Eu, desesperada e perdida. O bandido tenta beijar, mas não consegue. Sem tempo de tirar a minha roupa. Só rasga a jaqueta branca, novinha por sinal. Segura nela e, quando o jogo pra trás, arranca o bolso direito, ali na mão fechada.

O que eu não conto é que, de tanto esmagar, machuca sim os meus seios, doídos por mais de três dias.

Triste a entrevista naquela tarde. Bastante nervosa, respondo errado às perguntas e não consigo o emprego.

Fico depressiva. Só ando assustada. Acho que tem alguém sempre me seguindo. Você escuta passos, sabe. E já se vira, pronta pra correr. De todos agora desconfio.

Vinte dias atrás sou operada de um cisto no cóccix. Quando o bruto me derrubou, decerto feriu e prejudicou por dentro. Não tinha problema algum, né? E, de uma hora pra outra, isso aparece.

Consulto um terapeuta. Receita calmante. Sabe o que diz?

— O susto, mocinha, não era para tanto.

Ah, puxa, fosse com ele... *Não era pra tanto!* Daí eu quero ver.

Senão ainda acabo neurótica, já pensou? Mas estou com muito medo. Não durmo direito. Toda noite sou visitada pelo tarado.

Nem tenho coragem de falar o que acontece no sonho.

Minha Irmã

minha irmã toma cachaça desde criança
agora tá com vinte e dois anos
não perdeu esse gosto
quando bebe fica fraca da idéia
cachaça é mesmo um vício desgracido
não tem jeito de se livrar
no geral quietinha e calma
nesse dia não sei o que deu nela
tava bebendo comigo numa boa
de repente começou a discutir
me disse uns nomes de mãe
já não gostei nem um pouco
sem esperar apanhou aquele pozinho
que eles vendem por aí
jogou no meu olho
isso foi demais
aquilo queima que nem fogo
me deixou cego

fulo de raiva
daí eu peguei a faca na mesa
acerto nela um pontaço
mas foi só um
na barriga por cima da roupa
unzinho só
eu não tinha intenção
de sangrar nem nada
pedi desculpa abracei ela
depois levo pro hospital
deram uns pontos
mandaram pra casa
agora já tá boa
até mais bonita
mas não largou da cachaça

O Assobio do Maníaco

Oito da manhã, lá vinha eu. Empurrando a velha bicicleta, à beira da linha do trem, para encurtar o caminho. Em visita a uma irmã doente.

De repente o carro preto parou ali perto. O rapaz de agasalho vermelho desceu e perguntou por uma rua. Eu disse que não sabia. Ele olhou para os lados, se vinha gente. Tudo deserto.

Daí me agarrou com força pelo braço. Tremia, de tão nervoso. Mostrou o pequeno punhal na mão direita. Voz rouca:

— Bem quietinha, moça.

Eu fui gritar. Pronto, levei um tapa estalado na cara. Uma bruta mão suada me cobriu a boca. Mão fria de defunto.

— Que eu te mato!

Pelo seu olho verde doidão logo vi que falava sério.

— Moço, não tenho dinheiro. Só a bicicleta e o celular. Pode levar tudo.

— Eu, hein!

— Pelo amor de Deus. Não me faça mal. Tenho um filho doente. Sofrendinho de asma.

— E eu com isso?

Quis me puxar para um matinho. Bem que resisti e não deixei.

— Olha, moça. Tá me pondo nervoso. Se eu fico nervoso...

Ganhei mais uma tapona na orelha, que doeu.

— ...já faço uma desgraça!

Espetava fundo e fininho o punhal. Me arrastou até a sombra de um barranco.

— Nem um pio. E vá tirando a calça.

Eu não queria. Mas, de tanta ameaça, acabei obedecendo.

— Agora desce a calcinha.

Primeiro dia que a usava. Surpresa de aniversário para o maridinho.

— Senão eu rasgo!

O gesto suspenso, ainda indecisa.

— Me duvida, é? Já te mostro!

Daí, o que eu podia? Vergonhosa, baixei a cabeça. Mais a pecinha preta rendada.

— Agora fique de quatro.

— Não fico, não.

— Quer apanhar de cinta? É do que você gosta, hein? Isso o que tá querendo, sua danadinha?

Então eu fiquei.

— Assim, não. De perna aberta.

— ?

— Com a mão no trilho.

Ai de mim, escancarou o zíper. Ali de pé, me comendo com o olhão verde. Falava um monte de nome feio. Tudo bobagem e porcaria.

Vi de relance que se masturbava furioso. Gemia, de boca aberta. Espumando.

— Não me olhe, sua cadela.

Até que se ajoelhou. Resfolegava quente na minha nuca. Uma agulha de gelo me belisca — estou aqui! — o lombo nu.

Daí me apalpou todinha. Agora as mãos duas brasas vivas.

— Se não me fizer gozar...

E abarcou firme. Por trás. Com toda a força.

— ...eu te mato!

Tantas e tamanhas o desgracido fez, fez, fez.

— Se eu não gozo... já sabe...

E, mais que fizesse, me pingando de suor debaixo dele, não conseguia.

— ...cê tá morta!

Então pelejamos, os dois.

Até que, achada a força do macho, me rasgou e sangrou duas vezes. Na frente e atrás. Aos ganidos, afinal gozava.

— Pronto!

Fechou o zíper. Me deu as costas.

Se afastou sem pressa. E assobiava, o bandido, muito alegrinho.

Subiu no carro. E foi embora.

Bobeira

Eu levei, os dois levamos de verdade muita porrada
dos polícias
quando cheguei esse outro já tava dentro da casa
ele falou
— *olha, sem briga, mermão, a gente divide*
eu tava com o carrinho de papel e tinha bastante
latinha espalhada no chão
— *cê pega as coisinhas que sobrou!*
nem deu tempo de carregar tudo
os polícias já invadiram sem aviso
mandaram pôr a mão na cabeça
deram voz de prisão
eu só não saí correndo pra não perder o velho
carrinho
é o meu ganha-pão
são dois meses e pouco que a família dorme na rua
despejados lá de baixo do viaduto

tinha achado um cantinho pra morar com a minha
gata e tava precisando desse bagulho
não sou ladrão e se fosse roubar eu pegava mais treco
tinha lá jogo de cama, com esse frio bem a gente
precisando de cobertor,
panela, prato,
fio pra puxar uma luzinha
e latinha e papelão pra vender e assim comprar
uma comida
uma roupinha pro piá
também tinha bateria de cozinha
tinha de tudo lá
esse ato aí eu assumo
foi bobeira de tanta miséria e fome
de repente eles vieram por trás e quebraram dois
tacos de sinuca nas nossas costas
quebraram um na minha e um no outro
daí eu falei
— *ei, cês não carecem fazer isso, pô!*
e o mais briguento da turma
— *é ordem do juiz, reclame lá pro delega!*
os caras chegaram e já malhavam os tacos na nossa
cacunda

[116]

espirrando aquela pimenta que arde tudo na cara
da gente
teve um que falou
— *corja de vagabundo, já vou pegar a maquininha*
pra dar choque em cês!
ali na hora do flagra
troquei o nome pra João
do meu irmão é de menor
um ladrãozinho escroto
afana dos outros o mais que pode
depois não neguei e disse o nome certo
José Maria de Jesus
a assinatura aí na folha é minha
ói o meu jota tremido aí
escrevo faltando alguma letra
não tive muito estudo, sabe?
quando não tô catando papel eu vendo abacaxi
laranja banana essas coisas
na revista os caras acharam a faquinha
carrego só pra cortar abacaxi
daí passaram a pulseira me trouxeram preso
e preso tô até hoje
o que vai ser da minha gata e do piá?

que fim deram ao meu carrinho?
perguntei lá pro escrivão
— *a gente que é preso vai embora depois dum tempo?*
essa não
— *seis anos cê fica na tranca?*
que coisa, pô!

O Maníaco do Olho Verde

Basta ser mulher, só o que vejo. O assobio, só o que escuto. É uma doença, certo? O bruto que se empina aqui no meio das pernas. Corcoveia e relincha. De mim faz o que bem quer. Ordena, eu executo. Não consigo controlar.

Qual é uma? Qual é outra? Sou o último a saber. Pra mim todas iguais. Do rosto não lembro. Nem do dia.

Eu assumo que isso aconteceu. Sim, muitas. Não sei quantas. Um par delas. Certo, eu abuso. Mas não tomo dinheiro nem nada. Uma quis me dar o celular. Até a bicicleta nova, já pensou?

O punhal? Uma faquinha de cozinha, dessas de cabo branco de plástico. Certo. Vinte e seis anos, solteiro, eletricista. O arrimo da minha mãe. Se eu falto, quem cuida da pobre velha? Veja bem, ninguém pode contar o que faço. Mortinha de desgosto na mesma hora.

Não sei o endereço nem nada das tais moças. Eu não planejo. Só fico zoando a par da linha do trem.

Bem cedinho, uma delas empurrava distraída a bicicleta azul. Pô, que cabeça a minha. Não é que havia esquecido o punhal?

Antes que me escapasse, corri até o carro, peguei uma chave de fenda no porta-luvas, fui atrás. O resto, bem. Todo mundo já conhece.

Teve, sim, o lance com a menina. Sabe que me deu peninha? De volta da escola, a mochila amarela nas costas, um macaquinho verde suspenso, pra cá pra lá.

De braço aberto, ela se equilibrava no trilho. Ali mesmo eu derrubei. Tão feinha e magrinha. Quantos anos você tem? *Onze*, ela disse. O assobio me azucrinava a cabeça. Escapar já não podia. Nem eu nem ela.

Feche o olho, eu disse. *Sim, senhor*. Sem eu desconfiar. Virgem, a pobre. Até pedi desculpa por toda a sangueira. Gemendinha, lá se foi, arrastando o pé. Nem queria mais pular no trilho.

A mochila aberta no dormente. Cheinha de lápis de cor. Não peguei nenhum.

Das outras não lembro. Nem sei quantas. Por todas não respondo. Eu não sou o único. Nem o pior. Será que esses aí também escutam o zumbido?

No momento sem namorada ou noiva. Pena que

não deu certo pra casar. Ou arrumar companheira. Acho que é por estar sempre caçando. O meu prêmio? Ah, não nego, bem melhor que passarinho. Distúrbio não sei o que é de verdade. A mãe sempre diz que tenho problema de cabeça. Queria, sim, parar. Com essas coisas.

Fui a terreiro, pastor, benzedeira. Sarar desse mal não consigo. Feitiço ou maldição. Me arrependo muito do que pratico. A última namorada me indicou terapia. Era muito compulsivo. Toda hora com ela pra cama. Não posso ver e já quero de novo.

Estou sempre no ponto. Pra ela nunca fui violento. Eu só pedia. E, boazinha, deixava. Desconfio que nem gostava muito.

Não dá pra pensar direito. Vejo a mulher, qualquer uma, e pronto! Já perdido. Invento qualquer coisa pra ser minha. Capaz até de matar. Tenho medo que isso ainda aconteça.

Essa namorada fazia faculdade. E me indicou lá para terapia. Tinha estagiária, daí eu fui. Fiquei um tempo. Freqüentava direitinho, só que não adiantou. Nunca falo desse tipo de... Se eu não me entendo, como posso explicar?

A estagiária que cuidou de mim se chama Estela. Não sei o nome completo. Uma vez acabo contando tudo. Ela disse que ia ficar bom. Só não desistir. Daí confessei que sentia atração por ela.

Mais de um ano dormimos juntos. Bastava ouvir a sua voz, olhar para ela. Já tinindo. Ela bem excitada por saber o que eu tinha feito.

Um dia a Estela me disse que estava noiva. Não podia mais se encontrar comigo. Aceito numa boa. Gosto de variar. Foi daí que garrei a zoar na linha do trem. Por ali não corre mais trem. Passa uma alma perdida e com pressa.

O sonho do predador. Moça que chega no pedaço, já sabe. Não escapa. Eu vou atrás. Por bem ou por mal, faço o que eu quero.

Engraçado, né? Às vezes me pergunto. Se não é o que, também elas, estão buscando.

Bem, de verdade mesmo. Com alguma não dá certo. Mais forte, se defende, grita. Essa consegue me fugir. Não ligo. Pra uma que escapa, eu pego duas e três.

Se soubessem, ah, ingratas! O que por elas eu arrisco. Nem mesmo posso tirar o blusão. Mal abro o zíper.

Olhando para trás, o perigo direto de ser visto. Alerta pra fugir. De repente. A toda pressa.

Se um fidaputa me pega. Fatal. Bem sei o que me espera.

Pau e pedra. Massacram e arrebentam. Soco e pontapé. Me afundam cada olho com o polegar. Me quebram a perna em três pedaços.

Me arrancam e estraçalham, ai, os valentes culhões pretos, ui.

Sorte minha se for linchado ali mesmo. Suspenso de ponta-cabeça no primeiro poste. Famílias inteiras virão de longe para ver. Ali, pesteando os ares. O circo de urubus festeia no limpo céu azul.

Mil dedos me apontam: *Esse aí, olhe. O meninão da dona Cidinha, quem diria. É ele. O maníaco da linha do trem!*

Sim, sorte minha. No ato, ali mesmo, estripado. Eu, vampirão, com uma estaca no peito.

Sobreviver é para sorte pior.

A medonha jaula. A cadeia. Ela, não. Por favor, ó Deus. Será o meu inferno. Sei de tudo. Te raspam a cabeça. Mais o bigode. E a sobrancelha.

— A nova boneca...

Te pintam a boca de vermelhão.

— ...do olho verde no corró!

Venham todos. Sirvam-se. É grátis. Sodomizado e currado por uma tropa faminta de garanhões. A mulherinha de todos os tarados da zona. Afinal chegava a tua vez. Gostou, panaca de merda? De tudo isso eu sei. E porra! porra! porra! Por que não desisto? Enquanto é tempo, oh, meu Jesus Cristinho? Alguém me responda. Eu mesmo não posso explicar.

Será o tal assobio? Me obriga a perseguir e atacar. Sem dó nem sossego. Até que um cagüeta me dedure. Daí a pobre vítima euzinho aqui?

Cedo ou tarde. Fatal.

Minha danação. Sempre à caça de outra moça. E mais uma. Eu digo moça. Pode ser qualquer uma. Feia ou bonita, gorda ou magra, guria ou velhota.

Fique bem claro. Não é que o bagaço da velha me excite. Estou direto com tesão. O tempo todo. Este badalo aqui repica as horas. Antes mesmo de ver se é menina. Branca e cheirosa. Ou coroa. Escurinha e banguela. Tem alguém zunindo no meu ouvido. Sempre.

É um assobio fininho dentro da cabeça. Não sossega nunca. Desde que me conheço por gente. Onze ou doze anos. Mesmo dormindo. E no sonho ainda escuto.

Sabe, às vezes eu paro. E imagino. Será que alguém zizia mesmo em surdina? Por que esse infame zumbido me tortura? Não deixa pensar. Força a tais barbaridades.

E já pensou, cara. Se o assobiador secreto, hein? Não é você. Nem ele. Sou eu mesmo?

Bem que as pessoas não entendem: *É um louco! Um assassino! Um monstro!*

Me diga. Que culpa tenho eu? Assim fui nascido. Simples capricho do Senhor Deus. Sei lá, o mau sangue dos pais. Uma praga do capeta desgracido.

Podem me condenar, babacas e bundões. O que eu faço? Tudo o que vocês gostariam. Eu sou um de vocês.

Este livro foi composto na tipologia Minion, em
corpo 13/19, e impresso em papel off-set 90g/m²
no Sistema Cameron da Divisão Gráfica
da Distribuidora Record.

Seja um Leitor Preferencial Record
e receba informações sobre nossos lançamentos.
Escreva para
RP Record
Caixa Postal 23.052
Rio de Janeiro, RJ – CEP 20922-970
dando seu nome e endereço
e tenha acesso a nossas ofertas especiais.

Válido somente no Brasil.

Ou visite a nossa *home page*:
http://www.record.com.br